Il faut aimer les gens

32, rue des Beaumonts

Cécile Crassous

Cécile Crassous 37000 Tours
Prix public : 9,99€
ISBN : 979-86-453-21345
Dépôt légal : Juillet 2020
Première édition : Juillet 2020
Impression à la demande

Couverture : Senhor Tocas
Correction : Isabelle Brennetot

À Renaud, mon amour absolu

Au fond, c'est ça la solitude :
s'envelopper dans le cocon de son âme, se faire chrysalide
et attendre la métamorphose, car elle arrive toujours.

August Strindberg

UN

Comme tous les matins à 7 h 58, Jean-Jacques avale d'une traite son café et jette son gobelet dans la poubelle. Il s'assoit sur sa chaise de bureau, cale son fessier en avant, garde les pieds au sol et se tient bien droit, comme on le lui a appris.

À 7 h 59, il s'empare de la liasse de papiers préparée et posée sur la table à son intention, une cinquantaine de pages agrafées, défi professionnel de la matinée.

À 8 heures précisément, Jean-Jacques prend le combiné du téléphone et compose le premier numéro.

Il sait qu'il doit rester concentré s'il veut atteindre ses objectifs.

Autour de lui les box se remplissent doucement.

Comme tous les matins, Jean-Jacques a démarré sa journée en temps et en heure, alors que certains de ses collaborateurs arrivent encore, essoufflés.

Jean-Jacques ne lève pas la tête, il semble ne pas prêter attention à l'agitation feutrée des retardataires, mais rayonne intérieurement.

Car rien ne lui apporte plus de satisfaction que de savoir qu'il répond aux exigences qu'on attend de lui. Rien ne lui procure tant de jouissance que ce sentiment de devoir accompli.

Victoire quotidienne, une fois encore, Jean-Jacques a décroché son téléphone le premier.

DEUX

André, viens voir, dit-elle en chuchotant. André, viens voir, dit-elle plus fort, agacée de devoir se répéter.

Michèle arrête avec ça, laisse ces voisins tranquilles, lui répond mollement André.

Bien sûr, ça l'ennuie de voir sa femme passer des journées derrière la fenêtre, collée au frigo parce que c'est là qu'elle a le meilleur angle de la rue.

Il ne comprend pas le plaisir qu'elle peut prendre cachée derrière son rideau en crochet à regarder passer la vie des autres.

En vieillissant, elle ne sait plus s'occuper. Elle fatigue vite, mais enfin il y a bien des choses à faire, même sans sortir ! Regarde le point de croix, tu aimes bien ça, le point de croix !

Elle a haussé les épaules. Elle n'a plus envie, quoi.

Alors par principe, de temps en temps il lui dit encore arrête d'espionner la rue, mais la peine qu'elle lui inspire, derrière son rideau comme une enfant qui se croit cachée, finit d'effacer le peu de conviction qu'il y met.

Non mais cette fois c'est important viens voir, je t'assure, mais viens je te dis André.

Habitué à ses non mais viens c'est incroyable, tu vois je te disais que la voisine ne ramassait pas les crottes de son chien, eh bien voilà, j'en ai la preuve, voilà je le savais bien, mais toi tu ne me croyais pas bien sûr.

Tiens, la voisine du 17 s'est mise à la course à pied. Elle a raison. Elle doit prendre soin d'elle si elle veut garder son mari. Tu ne crois pas, André ?

Ou à ses non mais viens André je te dis, regarde elle a grossi, je suis sûre que la voisine d'en-face va encore avoir un petit. Tu ne crois pas, tu ne dis rien bien sûr, tu n'en sais rien mais enfin elle a grossi non, dis-moi au moins si tu trouves qu'elle a grossi. André réponds-moi enfin.

André la rejoint lentement, comme pour montrer sa désapprobation à devenir le vigile de la rue.

Eh bien voilà, qu'est-ce que je te disais ! Exactement ce que je te disais ! Seulement voilà, quand c'est Michèle qui le dit on ne l'écoute pas ! Voilà, elle peut bien parler, personne ne la prend au sérieux cette pauvre Michèle... Seulement voilà tu es bien obligé de l'admettre, j'avais raison André, cette entreprise qui ouvre une succursale au bout de notre rue, ça n'a rien de bon.

Comment ça, quelle entreprise ? Mais enfin André, tout le monde ne parle que de cela dans la rue. C'est au bout, au 32, ils ont coupé la maison en deux, pas dans le sens de la hauteur non, dans un sens horizontal, comme on couperait… je ne sais pas, moi… un sandwich !

L'entreprise s'est installée à l'étage du dessus. C'est comme qui dirait une tranche de jambon. Mais non, ce n'est pas une entreprise de vente de jambon, mais enfin qu'est-ce que tu racontes André. Je veux dire : dans un sandwich, on met toujours du jambon sur le dessus. D'abord le pain, puis le beurre, et enfin la tranche de jambon. Et bien là c'est pareil, malgré que ce soit dans une maison, l'entreprise est installée à l'étage, tout en haut. Tu as compris ?

André n'a pas compris. André est gentil. Et un peu agacé par le « malgré que ». Mais depuis tant d'années que Michèle dit « malgré que », la reprendre aujourd'hui serait un affront, une vexation suprême. Jamais il ne la reprendra. Jamais.

Je t'avais bien dit que ça allait amener des badauds. Eh bien voilà la preuve : regarde celui-là par exemple, oui ce type qui passe en bas, qui a l'air d'avoir des bras trop longs pour son corps. Il travaille là-bas, figure-toi. Bien sûr que je le sais, je le vois passer tous les matins.

Tous les matins à 7 h 30.

Ce doit être le genre à aimer arriver avant tout le monde.

Ah ah, tu te demandes comment je sais cela André, et bien figure-toi que je suis allée vérifier les horaires de l'entreprise. Oui, moi, monsieur. Et ce n'est pas pour cancaner. C'est pour m'informer, ce qui est très différent.

Michèle sait bien que le silence d'André n'est autre qu'un signe de mécontentement.

C'est ma rue, depuis quand ce qui se passe dans la rue des Beaumonts ne me regarde pas ? J'ai le droit de savoir.

Tous les matins à la même heure.

Avec ses bras trop longs.

Et en avance, qui plus est.

Je l'ai repéré, il arrive avant tout le monde.

Tous les matins.

Tu ne dis rien ?

Non, André ne dit rien, même s'il sait qu'il devrait dire quelque chose. Mais là, immédiatement, André ne voit pas bien ce qu'il pourrait ajouter.

Ce que tu peux être agaçant André. Enfin réponds, dis quelque chose, ne reste pas là à traînasser et à ne rien dire !

André repart dans le salon.

Oh tu peux t'enfuir à côté, je sais très bien que tu m'entends !

Oui ou non je t'avais prévenu que cette entreprise dans notre rue ne me disait rien qui vaille, oui ou non ? Mais réponds enfin ! André, tu m'entends ?

André ! Tu penses vraiment que c'est une entreprise de vente de jambon ?

TROIS

Jean-Jacques est heureux, car une fois encore, il a décroché son téléphone le premier.

Concentré, il compose le numéro de son interlocuteur. Il ferme les yeux pour mieux entendre la sonnerie retentir. Le premier appel, le tout premier appel de la journée, porte en lui la rassurante habitude de la répétition. Promesse de la journée à venir, Jean-Jacques écoute la tonalité sonner.

Il ouvre les yeux pour constater avec soulagement que tout est en place.

L'horloge en plastique blanc marque 8 heures.

Sur son bureau, la cinquantaine de pages agrafées côtoie le pot à crayons : il porte le logo de l'entreprise et l'image d'un ciel nuageux, comme une promesse que la nature n'est jamais loin. Un bol d'oxygène.

Le pot à crayons est en place, offrant le calme et la sérénité nécessaires pour travailler avec obstination.

À gauche du pot à crayons trône le trieur de lettres en métal de couleur noire et de haute qualité. Sur le mur, derrière le trieur, dépasse une tâche de gras d'origine inconnue.

Jean-Jacques l'observe, se demande pourquoi une tâche de gras ici, et jette un coup d'œil au texte savamment analysé par des professionnels de l'étude de commerce. Le texte punaisé face à lui le regarde droit dans les yeux, comme un mouchard prêt à relever la moindre erreur.

Il écoute la tonalité du téléphone sonner.

Pour échapper au regard inquisiteur de la feuille fixée sur le mur, Jean-Jacques lève les yeux. Tout est là.

Ou plutôt tout n'est pas là, le faux plafond aux dalles suspendues offrant un trou béant juste au-dessus de son box. Deux dalles sont absentes, ce qui permet une aération parfois salutaire en cas de grosses chaleurs.

Jean-Jacques se dit qu'il est chanceux de bénéficier de cette ouverture, la seule de tout l'étage, aucune fenêtre ne venant agrémenter cet espace clos.

Il écoute la tonalité du téléphone sonner.

Jean-Jacques replace méticuleusement les posts-it à sa gauche, de sorte qu'ils soient parfaitement alignés au bord du bureau. Il pose ensuite ses trois surligneurs vert, rose et jaune dans l'ordre indiqué.

Il jette un coup d'œil à son gobelet au fond de la corbeille, une corbeille en plastique bleu-turquoise, avec incrustation de motifs papillon.

Dans le combiné, la sonnerie cesse de retentir. Un silence rapide suspend le temps, comme une inspiration.

Jean-Jacques ouvre les yeux, une voix met fin au silence :
« Allô ? »

QUATRE

Jean-Jacques n'a pas toujours rêvé de devenir téléprospecteur. Comme tous les collègues de son entreprise, son choix, qui n'en est pas vraiment un, résulte de circonstances hasardeuses.

Lorsqu'il a perdu son emploi précédent, il n'a pas compris tout de suite. Son patron, qui connaissait l'aversion de Jean-Jacques pour tout changement, avait d'abord voulu mettre les formes. Il lui avait annoncé la douloureuse nouvelle en douceur : avec tact, il lui parla de réorganisation de la société.

Le lendemain, Jean-Jacques avait réaménagé les rayonnages.

Un peu plus offensif, il lui parla alors de baisse d'activité.

Le lendemain, Jean-Jacques avait posé ses RTT.

Espérant être plus clair, son employeur lui parla de regroupement régional. Mais Jean-Jacques lui répondit qu'il était prêt à déménager.

Pour être plus direct, il lui parla de rationalisation des moyens. Jean-Jacques lui répondit que des achats en gros permettraient certainement de faire une meilleure marge sur les produits vendus.

Face à ce mur d'incompréhension, son patron n'eut d'autre choix que de lui parler de baisse des effectifs, de rupture conventionnelle, voire de licenciement économique. Des mots que Jean-Jacques, cette fois, comprit.

À ce moment précis, quand l'information vint cogner de plein fouet son esprit docile, Jean-Jacques avait senti comme une décharge électrique parcourir tout son corps. Une décharge violente et aiguë, depuis le haut de sa nuque jusqu'en bas de ses reins. À cette douleur physique s'ajoutait une douleur plus violente encore, celle de la surprise et de l'effroi.

Lui qui aimait tant le ronronnement de l'habitude. Après vingt ans de service. Vingt ans de service. Presque une vie.

Le temps qu'il faut pour ne plus savoir rien faire d'autre.

Jean-Jacques avait eu peur aussi, conscient qu'à plus de cinquante ans, il n'était plus de la première fraîcheur.

Je suis désolé que ça tombe sur toi, mais tu comprends, les charges, la conjoncture... Jean-Jacques n'avait rien répondu. Il n'avait pas d'argument à objecter aux charges et ne faisait pas le poids face à la conjoncture. Il gardait les bras ballants, des bras trop grands sur son corps mince.

Ses yeux écarquillés étaient la seule réponse à opposer.

Je suis désolé que ça tombe sur toi, Jean-Jacques, vraiment. Mais c'est la crise.

Jean-Jacques, dans une incompréhension totale, avait posé une question. Une seule question. Mais les gens meurent encore, pourtant ?

Bien sûr que les gens meurent encore, quelle question Jean-Jacques, oui le secteur funéraire est toujours porteur. Mais avec la crise, les gens deviennent radins. Regarde, cette semaine encore j'ai des clients qui m'ont demandé un cercueil en carton et qui n'ont pas pris de poignées. Pas de poignées ! Comment les porteurs vont soulever le cercueil ? Qu'est-ce que tu veux que je te dise... un cercueil en carton. Sans poignées.

Moi, si les gens n'achètent plus de poignées pour leurs défunts, je ne peux pas te garder, vraiment Jean-Jacques, je suis désolé que ça tombe sur toi, mais je ne peux pas mettre l'entreprise en difficulté pour une personne en trop... Allez ne fais pas cette tête-là, tu vas rebondir Jean-Jacques, je ne m'inquiète pas pour toi, tu vas rebondir. Avec tes petites blagues, tu feras certainement le bonheur de tes futurs collègues. Tu vas rebondir, et tu vas nous manquer.

Jean-Jacques, les yeux écarquillés, avait tenté de calculer combien de poignées de cercueils il fallait vendre par mois pour assurer son salaire.

CINQ

Jean-Jacques, scrupuleux, avait alors consciencieusement suivi le chemin balisé du chercheur d'emploi.

Élaboration du projet professionnel, passer à l'action, démarches administratives, enregistrement à Pôle emploi, ateliers de recherche d'emploi, sélection des entreprises, inscription dans les Agences d'intérim, forums de recrutements, passer à l'action, salons de l'emploi, analyse des connaissances, du savoir et de l'expérience, bilan de compétences, passer à l'action, espace de « recherche d'emploi », carnet de bord des démarches, passer à l'action.

Toutes ces démarches n'eurent pas l'effet escompté, et Jean-Jacques n'en avait gagné que la conscience aiguë de sa médiocrité, le seul moment fort de sa carrière professionnelle étant lié à la canicule de 2003. Il ne savait que trop que ses capacités de vendeur étaient liées aux événements environnants.

Le rebond promis n'arrivait pas.

Alors quand il lut la petite annonce, ce fut l'évidence. Un éclair d'espoir. Une fin de tunnel.

Donner, échanger, partager... des mots qui, pour vous, sont synonymes d'offrir, d'aider, de faire plaisir. Vous vibrez au rythme des rencontres et vous souhaitez faire un métier qui met l'accent sur les relations humaines. Mille possibilités d'allier richesse des relations et fibre commerciale.

Ces lignes révélaient une évidence. Jean-Jacques, qui cherchait à contrer sa propre solitude par un métier de contact, de lien social, de transmission, volait de bonheur.

Il avait trouvé sa voie.

Il allait rebondir.

SIX

— Bonjour monsieur, je suis Jean-Jacques de la société Cuisine Concept. Si je vous appelle aujourd'hui, monsieur, c'est que j'ai une bonne nouvelle pour vous, oui monsieur, vous êtes le gagnant du tirage au sort qui vient d'avoir lieu, sous contrôle d'huissier. Alors tout d'abord je vous adresse toutes mes félicitations. Est-ce que vous seriez intéressé pour savoir ce que vous avez gagné ? Allô ? Je ne vous entends plus. Allô ?

— MAIS BORDEL VOUS ALLEZ ME LÂCHER ? VOUS ÊTES LE TROISIÈME AUJOURD'HUI ! TOUTE LA JOURNÉE CA SONNE, TOUTE LA JOURNÉE ! ARRÊTEZ DE VOUS FAIRE PASSER MON NUMÉRO, FOUTEZ-MOI LA PAIX BORDEL ! MAIS SI JE VOUS AVAIS DEVANT MOI JE VOUS PÉTERAIS LA GUEULE ! VOUS ENTENDEZ ? JE VOUS PÉTERAIS LA GUEULE ! MAIS C'EST QUOI CE MÉTIER QUI CONSISTE À EMMERDER LES GENS CHEZ EUX ? VOUS ÊTES LES CANCRELATS DE LA SOCIÉTÉ, OUI ! VOUS M'ENTENDEZ ? DES CANCRELATS ! LAISSEZ-MOI TRANQUILLE, OUBLIEZ-MOI ! VOUS N'AVEZ

PAS HONTE DE FAIRE CHIER LES GENS TOUTE LA JOURNÉE, VOUS N'AVEZ PAS HONTE ?

SEPT

Ce n'est pas la première fois que Jean-Jacques se fait insulter bien sûr, c'est ce qu'on appelle dans le jargon les risques du métier. Si l'on ne s'y habitue pas tout à fait, le temps passant, les injures deviennent toutefois moins pénibles.

J'ai attrapé un coup de soleil
Un coup d'amour
Un coup d'je t'aime
J'sais pas comment
Faut qu'j'me rappelle
Si c'est un rêve t'es super belle

Jean-Jacques se demande à quoi ressemble un cancrelat, parce qu'on a beau savoir que les cancrelats existent, peu de personnes savent exactement à quoi ressemble cet insecte.

J'dors plus la nuit
J'fais des voyages
Sur des bateaux qui font naufrage

Ce n'est pas la première fois que Jean-Jacques se fait insulter bien sûr, mais là tout de suite, il a comme un goût amer en regardant son téléphone. Jean-Jacques pense aux cancrelats. Font-ils partie de la même famille que les cafards ? Ont-ils un lien de parenté avec les blattes ?

J'te vois toute nue
Sur du satin
Mais j'en dors plus
Viens m'voir demain

Ce n'est rien ou pas grand-chose, et c'est à cela que doit penser Jean-Jacques. Se concentrer. Se relever. Se battre. Passer à l'action. D'ailleurs à sa place quelqu'un comme Steeve aurait déjà repris son combiné pour performer. Mais Jean-Jacques n'est pas Steeve.

Mais tu n'es pas là
Et si je rêve tant pis
Quand tu t'en vas
J'dors plus la nuit

De toutes ses forces et de toute sa volonté, Jean-Jacques voudrait reprendre le combiné, composer, parler, vendre, assurer, se faire féliciter. Il voudrait mais ne parvient pas à oublier ce goût amer dans sa bouche, ce besoin de réconfort, et la certitude qu'aucun réconfort ne viendra.

Jean-Jacques ne veut pas qu'on le voie pleurer.

Alors il vérifie que personne ne le regarde, il ferme les yeux et chante dans sa tête. C'est à peine un murmure, tout juste fredonné. Il se balance tout doucement sur sa chaise.

Mais tu n'es pas là

Et tu sais j'ai envie

D'aller là-bas

La fenêtre en face

Et d'visiter ton paradis

HUIT

Michèle, lui dit André en la voyant debout contre la vitre de la cuisine, tu ne devrais pas rester toute la journée debout, à regarder la rue. Je ne passe pas mes journées debout à regarder la rue, répond Michèle, vexée. Si Michèle je t'assure, depuis que cette fameuse entreprise a ouvert au 32, tu passes beaucoup de temps à regarder la rue. Ce n'est pas un jugement, c'est une constatation. Je constate que tu es encore plus souvent à ton poste de surveillance.

Michèle replace le rideau et retourne dans le salon. Décidément André, tu ne comprends donc rien à rien. Je ne regarde pas la rue, je vérifie quelque chose. C'est très différent.

Je ne vois pas ce qu'il y a à vérifier, notre rue est toujours la même, avec ses maisons, toujours les mêmes depuis trente ans, ses voitures garées si serrées les unes près des autres qu'un piéton ne parvient plus à traverser, ses habitants immuables. Notre rue est la plus calme de la ville, personne ne s'y promène jamais. Non, je ne vois vraiment pas ce que tu vérifies. Voudrais-tu faire une partie de scrabble avec moi ?

Écoute André, c'est peut-être justement ça, ton problème. Tu ne vois pas ce qu'il y a à vérifier. Et bien heureusement que je suis là, je peux te dire. Si je n'étais pas là… personne ne vérifierait jamais dans cette maison.

Michèle s'assoit face à André et pioche ses jetons. Ne choisis pas tes lettres, s'il te plaît lui dit Michèle d'un ton sec. André ne dit rien, immuable. Michèle ajoute je ne t'accuse pas, je rappelle quelques règles élémentaires.

Jamais André ne se risquerait à choisir délibérément une lettre. Mais il sait bien d'où proviennent ce soupçon et cette ambiance électrique. Comment l'oublier.

C'était un mardi. Il y a treize ans.

Un soir d'hiver, à l'heure de la tisane.

Comme à leur habitude, Michèle et André s'adonnaient à une petite partie de scrabble. Tout allait bien jusqu'à ce que André pioche un K, la lettre qui lui manquait pour faire un scrabble. Et pas n'importe quel scrabble, un scrabble de huit lettres : avec son K, André pouvait poser « whiskeys ».

Non seulement « whiskeys » représente le scrabble de huit lettres le plus cher, mais il peut être placé sur deux cases « mot compte triple ». Si en plus le K est placé sur la case « lettre compte double », ce mot rapporte 482 points.

Michèle avait beau compter et recompter, 482 points semblaient bien être le résultat. André, tout à sa joie enfantine d'avoir posé un joli mot, avait ajouté : ceci s'appelle un nonuple, car le score du mot est multiplié par trois à deux reprises, c'est-à-dire par neuf.

Michèle, pour qui la vexation était brutale, avait prétexté une migraine subite pour stopper la partie. Elle, qui estimait à juste titre que le scrabble était son terrain, ne lui a jamais pardonné cette humiliation.

Ne choisis pas tes lettres, s'il te plaît lui dit Michèle d'un ton sec. André ne dit rien, immuable. Michèle ajoute je ne t'accuse pas, je rappelle quelques règles élémentaires.

NEUF

Brainstorming ! Tous dans la salle ! Allez allez ce n'est pas la pause, c'est le brainstorming, j'ai deux mots à vous dire !

Jean-Jacques déteste les brainstormings, réunions informelles qui n'ont pour but que de féliciter ceux qui sont contents d'eux et d'enfoncer un peu plus dans la honte la tête de ceux qui n'ont pas performé.

Jean-Jacques se demande quel est l'intérêt d'enfoncer des clous déjà enfoncés, mais bon, il est dix heures, l'heure du brainstorming, et quoi qu'il en pense ce n'est pas la peine de lutter, car l'heure du brainstorming est sacrée.

C'est bien les gars. Alors on a quoi ce matin ? On a trois rendez-vous pour Steeve, c'est bien Steeve, je t'ai entendu et j'ai été très content de toi, tu as mangé du lion aujourd'hui. Bravo. On applaudit Steeve.

Par contre, j'ai un appel de 35 secondes pour Jean-Jacques.

Jean-Jacques n'est pas surpris, il sait très bien ce qui lui est reproché, un appel de 35 secondes est toujours annonciateur de remontrances. Il sait que son appel numéro un de ce matin possède tous les atouts pour retenir l'attention du manager.

Bon alors Jean-Jacques, qu'est-ce qui se passe ? Il faut se remuer là mon grand, soit l'interlocuteur raccroche, soit il ne raccroche pas. Et s'il ne raccroche pas, c'est qu'il y a un POTENTIEL !

Allez pour Jean-Jacques on réécoute la communication.

Jean-Jacques déteste les brainstormings, d'abord parce qu'il ne comprend pas en quoi l'humiliation du brainstorming pourrait être positive, mais aussi parce qu'il ne supporte pas d'écouter sa voix, sa propre voix lui est intolérable à entendre, seulement voilà, son manager enregistre les conversations dans le but d'améliorer les performances, et améliorer les performances passe par une écoute attentive des enregistrements téléphoniques devant toute l'équipe.

Alors quoi Jean-Jacques, on dirait que tu te fais tout petit, allez c'est pour ton bien, ça arrive à tout le monde. Enfin en ce moment ça t'arrive un peu plus qu'aux autres, c'est pour ça qu'on va t'aider, on va réécouter ton appel tous ensemble et brainstormer.

MAIS BORDEL VOUS ALLEZ ME LÂCHER ? VOUS ÊTES LE TROISIÈME AUJOURD'HUI ! TOUTE LA JOURNÉE CA SONNE, TOUTE LA JOURNÉE ! ARRÊTEZ DE VOUS FAIRE PASSER MON NUMÉRO, FOUTEZ-MOI LA PAIX

BORDEL ! MAIS SI JE VOUS AVAIS DEVANT MOI JE VOUS PÉTERAIS LA GUEULE ! VOUS ENTENDEZ ? JE VOUS PÉTERAIS LA GUEULE ! MAIS C'EST QUOI CE MÉTIER QUI CONSISTE À EMMERDER LES GENS CHEZ EUX ? VOUS ÊTES LES CANCRELATS DE LA SOCIÉTÉ, OUI ! VOUS M'ENTENDEZ ? DES CANCRELATS ! LAISSEZ-MOI TRANQUILLE, OUBLIEZ-MOI ! VOUS N'AVEZ PAS HONTE DE FAIRE CHIER LES GENS TOUTE LA JOURNÉE, VOUS N'AVEZ PAS HONTE ?

Bon alors qu'est-ce qu'on a ? On a Jean-Jacques qui se fait traiter de cancrelat. Très bien.

Dis-moi Jean-Jacques, qu'est-ce que tu as fait à cet instant précis ? Tu ne réponds pas ? Tu ne veux pas nous dire ce que tu as fait ? Et bien je vais le faire pour toi, je vais le dire moi, devant tout le monde, ce que tu as fait : tu as raccroché.

Et oui les amis, Jean-Jacques a raccroché. Et qu'aurait dû faire Jean-Jacques ? Steeve, tu peux nous dire ce que tu aurais fait à sa place ?

Écoute Jean-Jacques, ouvre grand tes oreilles et écoute bien ce que va dire Steeve. Steeve, est-ce que tu aurais raccroché ? Non. Steeve n'aurait pas raccroché.

Car si on écoute bien l'enregistrement, on s'aperçoit d'une chose, c'est que l'interlocuteur termine son propos par une question directe : « Vous n'avez pas honte ? »

En communication de stratégie de vente, c'est ce qu'on appelle une question ouverte, ce qui veut dire que l'interlocuteur, à ce moment précis, souhaite rester en relation.

Oui Jean-Jacques, ton interlocuteur émet inconsciemment son désir de poursuivre l'entretien téléphonique que tu as initié. Je dirais même plus, il t'interroge, ce qui est la meilleure chose qui puisse arriver à un télévendeur.

Jean-Jacques, cette personne espérait échanger avec toi, de façon un peu brutale certes, mais qu'importe la façon... si cela te permet d'aboutir à une vente ?

Allez on reprend, tout le monde à son poste, sauf pour Jean-Jacques que j'attends dans mon bureau.

On repart, tout le monde à son poste et n'oubliez pas :

Chez Market Force Plus c'est la vente, l'humain en plus !

DIX

Jean-Jacques a beau savoir qu'un mauvais moment l'attend, il tressaille en entrant dans le bureau de son manager. C'est la première fois qu'il a l'occasion de pénétrer dans ce lieu interdit aux simples téléprospecteurs. L'accès en est strictement défendu.

Il écarquille les yeux. Tout lui semble respirer la puissance et l'autorité. Jean-Jacques est émerveillé et admiratif : la pièce dispose d'une fenêtre. Une vraie fenêtre, de celles qui laissent passer la lumière en plein jour.

Jean-Jacques, il faut bien que tu comprennes que la prospection est une des activités les plus importantes pour l'entreprise : pas de prospect, pas de client, donc pas de chiffre d'affaires. Comme la prospection est cruciale, il est fondamental de bien la faire. Et pour cela, il faut lui accorder du temps : c'est un exercice long, difficile, et qui ne donne des fruits qu'à force de travail.

Jean-Jacques admire le bureau, baigné par la lumière du jour, qui respire le calme et le leadership. Le fauteuil est en cuir. Bien sûr.

Jean-Jacques a cette idée fugace qu'un patron sans fauteuil en cuir n'est pas un vrai patron.

Jean-Jacques, tu travailles dur, c'est indéniable, mais passer du temps ne fait pas tout : il faut aussi être efficace. Concrètement, il existe des ratios connus de tous les centres de téléprospection.

Jean-Jacques comprend pourquoi l'entrée dans le bureau est strictement interdite. Sauf pour Steeve, bien sûr. Mais Steeve a d'excellents résultats.

Jean-Jacques se demande si on peut dire de Steeve qu'il est un simple téléprospecteur. Certainement que non, puisqu'il a le droit d'entrer dans le bureau, lui.

Jean-Jacques, tu m'écoutes ? Tu veux que j'ouvre la fenêtre ?

Je te disais qu'il existe des ratios connus de tous les centres de téléprospection.

Ces ratios indiquent que tu dois faire vingt appels par heure. Attention, quand je dis un appel, c'est simplement un numéro composé. Tu peux tomber sur un numéro occupé, ou bien un faux numéro, que sais-je.

Jean-Jacques reste debout, juste à côté d'une chaise. Il pose sa main sur le dossier, espérant qu'on l'invite à s'asseoir. Il se demande si Steeve deviendra un jour superviseur. Ou peut-être même manager ?

Pour vingt appels, tu devrais parvenir à effectuer entre deux et cinq contacts argumentés par heure. Un contact argumenté, c'est quand ton interlocuteur t'a laissé parler. Il a pu te contredire, mais il t'a laissé parler jusqu'au bout.

Sur cent contacts argumentés, tu devrais arriver entre 10 à 15 % de transformation, c'est-à-dire de rendez-vous.

Donc pour résumer : pour ta session de quatre heures, tu dois normalement faire douze contacts argumentés, ce qui aboutit au final à un rendez-vous.

Jean-Jacques voudrait s'asseoir, parce qu'il est mal à l'aise de regarder son supérieur de haut. Il se tasse un peu, mais rien n'y fait, debout contre assis, il n'a aucune chance de se tasser suffisamment.

Par exemple ce matin tu as donné vingt et un appels. Tu perds trop de temps Jean-Jacques : tu passes trop de temps au téléphone ! À partir de dix minutes, tu peux être sûr que ton appel est un échec.

Il faut vraiment que tu réfléchisses et que tu structures mieux tes communications si tu veux performer. Tu dois absolument redéfinir ton objectif.

Je vais te dire quelque chose qui devrait t'aider : 2 % des prises de rendez-vous se font au premier appel, 3 % au deuxième appel, 4 % au troisième appel, 10 % au quatrième appel et 81 % au cinquième appel. Non, ne prends pas de notes Jean-Jacques. Tu dois juste retenir que l'énorme majorité des prises de rendez-vous se fait au cinquième appel.

Tu comprends ce que ça veut dire ? Ça veut dire que l'avenir appartient à ceux qui persévèrent.

Jean-Jacques fait mine de prendre appui sur le dossier de la chaise, les coudes repliés. Comme Steeve. C'est vrai, Steeve est souvent debout, appuyé sur une chaise, les jambes un peu écartées. Comme un bonhomme.

Je crois que tu as maintenant toutes les armes pour savoir à quelle catégorie tu souhaites appartenir : les loosers ou les winners.

Bon. Tu as compris ce que tu as à faire ? Allez montre-moi ce que tu as dans le ventre Jean-Jacques, remets un petit peu ton amour-propre dans ta poche s'il te plaît, rappelle ce gars qui voulait discuter avec toi. Oui, celui du cancrelat. N'oublie pas, Jean-Jacques : cinq appels avec lui, c'est le minimum si tu veux arriver à quelque chose.

ONZE

André viens voir, dit-elle en chuchotant. André viens voir, dit-elle plus fort, agacée de devoir se répéter.

André, figure-toi que je peux t'annoncer qu'il est midi sans même regarder l'horloge ! André, tu m'entends ?

Oui, André entend bien Michèle, seulement il ne sait pas exactement quelle posture prendre. Il entend bien Michèle, mais parfois il se contraint à ne pas lui répondre immédiatement.

Oui je t'entends Micheline.

Arrête de m'appeler Micheline s'il te plaît, tu sais très bien que je déteste quand tu m'appelles Micheline. C'est ridicule, c'est un nom de locomotive. Enfin André, qu'est-ce qui te prend de m'appeler Micheline, ça fait bien des années que tu ne m'avais pas appelée ainsi.

Écoute-moi au lieu de dire des bêtises. Je te disais : je suis capable de t'annoncer qu'il est midi, et même midi pile exactement, sans regarder l'horloge ! Enfin plus maintenant évidemment, mais tout à l'heure lorsque je te l'ai déclaré, il était midi exactement... Ah, ça t'étonne, hein !

Non, André n'est pas plus étonné que cela, étant donné que lorsque Michèle a fait son annonce il a entendu simultanément la cloche de l'église sonner douze coups.

Et tu ne me demandes pas comment je peux savoir l'heure qu'il est sans même regarder l'horloge ? Ni même une montre ou quoi que ce soit d'autre ?

Michèle éructe de joie, une joie toute simple qui fait plaisir à André. André, tout à sa joie de voir Michèle toute à sa joie, lui demande comment, mais comment est-ce bien possible de savoir l'heure sans même avoir à consulter le moindre cadran ?

Michèle, victorieuse de cet étonnement, s'approche du rideau de la cuisine : viens voir André, viens voir... Je vais te dire comment cela est possible.

Eh bien regarde : tu vois cet homme ? Le même dont je te parlais tantôt, celui qui passe sous nos fenêtres à 7 h 30. Figure-toi qu'il a trouvé notre rue si charmante qu'il a décidé d'y prendre son casse-croûte !

Depuis quelques jours, je le surveille, et à midi, à midi très exactement, car cet homme est d'une extrême ponctualité, il s'installe ici précisément pour son déjeuner.

Voilà comment je peux te dire qu'il est midi !

Michèle exulte.

DOUZE

Ce n'est pas parce qu'il a trouvé la rue si charmante que Jean-Jacques est assis seul sur son banc. Il aurait volontiers mangé ailleurs, mais voilà, comme il le dit lui-même, on ne choisit pas toujours.

J'mets tes photos
Dans mes chansons
Et des voiliers
Dans ma maison

Plusieurs fois Jean-Jacques a pensé qu'il jouait de malchance. Au début, tous les jours, l'heure de la pause venue, il se dépêchait de prendre ses affaires pour rejoindre la petite bande bruyante de ses collaborateurs, mais toujours trop tard, les collègues étant déjà partis gaiement. Systématiquement.

Il avait tenté plusieurs stratagèmes pour gagner du temps, allant jusqu'à garder son repas dans les poches de son manteau et son manteau sur lui pour être prêt à bondir sitôt l'heure du déjeuner arrivée. Mais rien à faire, Jean-Jacques ne comprenait pas comment la joyeuse troupe disparaissait aussi rapidement.

J'voulais m'tirer
Mais j'me tire plus
J'vis à l'envers
J'aime plus ma rue

Jean-Jacques se réjouissait de pouvoir déjeuner avec ses collègues parce qu'il avait préparé un petit carnet tout spécialement, contenant toutes sortes de plaisanteries pour amuser la galerie.

Les fameuses joyeusetés sur lesquelles il comptait pour s'intégrer dans cette équipe. Il les avait soigneusement classées par thème. Les charades d'un côté, les devinettes de l'autre, et les jeux de mots à la fin.

J'avais cent ans
J'me reconnais plus
J'aime plus les gens
Depuis qu'j'tai vue

La dernière fois qu'il avait tenté de rejoindre la horde joyeuse de ses collègues, il ne les avait pas trouvés. Revenant sur ses pas, il avait entendu chuchoter dans les toilettes. Les retardataires étaient cachés là, attendant que le passage soit libre pour déguerpir sans être vus.

Ce jour-là, Jean-Jacques a compris que ce n'était pas la peine de répartir son repas dans son manteau, ni la peine de garder son manteau sur lui pour gagner quelques secondes. Personne ne voulait entendre ses blagues pourtant soigneusement sélectionnées dans son carnet.

J'veux plus rêver
J'voudrais qu'tu viennes
Me faire voler
Me faire je t'aime

Jean-Jacques, assis seul sur son banc, avale sa salade de thon, une salade mexicaine, avec du maïs, des haricots rouges et des poivrons. Tout en ouvrant sa boîte de conserve, Jean-Jacques se dit qu'il est tout de même bien pratique de pouvoir manger son repas sans avoir besoin d'assiette. Jean-Jacques se réjouit de faire passer ce goût d'amertume qui ne lâche plus depuis ce matin.

Mais tu n'es pas là
Et si je rêve tant pis
Quand tu t'en vas
J'dors plus la nuit

Mais rien à faire, le goût âcre ne passe pas, malgré le thon, les haricots rouges et le maïs.

Jean-Jacques sort son petit carnet de blagues. Mais aujourd'hui, même ses meilleurs jeux de mots n'y font rien. L'amertume lui reste en bouche.

Alors en attendant l'heure de la reprise du travail, Jean-Jacques se balance tout doucement sur son banc et chante dans sa tête.

Il se dit que demain il prendra une salade de thon à la catalane.

Mais tu n'es pas là
Et tu sais j'ai envie
D'aller là-bas
La fenêtre en face
Et d'visiter ton paradis

TREIZE

De retour à son bureau, Jean-Jacques est concentré. Il compose le numéro de son interlocuteur. Il ferme les yeux pour mieux entendre la sonnerie retentir.

Autour de lui tout est en place.

L'horloge en plastique blanc, le pot à crayons, la cinquantaine de pages agrafées. Le numéro de l'homme au cancrelat est surligné.

Jean-Jacques a chaud malgré le pot à crayons qui offre le calme et la sérénité nécessaires pour travailler avec obstination.

À gauche du pot à crayons trône le trieur de lettres en métal de couleur noire et de haute qualité. Sur le mur derrière le trieur dépasse une tâche de gras d'origine inconnue.

Jean-Jacques la regarde, se dit qu'à cet instant il aimerait être une tâche de gras inexpliquée sur un mur, une tache à qui personne ne demande rien, une tâche oubliée du monde, posée là, en transparence.

Il écoute la tonalité du téléphone sonner. Il pense au taureau dans l'arène.

Il écoute la tonalité du téléphone sonner. Il pense au condamné dans le couloir de la mort.

Jean-Jacques sait ce qui l'attend.

Dans le combiné, la sonnerie cesse de retentir. Un silence rapide suspend le temps, comme une inspiration.

Jean-Jacques ouvre les yeux, une voix met fin au silence : « Allô ? »

QUATORZE

— Bonjour monsieur, c'est à nouveau Jean-Jacques de la société Cuisine Concept. Je me permets de vous rappeler, cher monsieur, car ce matin vous m'avez posé une question concernant mon emploi, une question fort intéressante au demeurant. Mais avant de vous répondre, permettez-moi de vous rappeler l'excellente nouvelle qui vous concerne. Figurez-vous cher monsieur, que vous avez gagné à un tirage au sort absolument exceptionnel, et il me semble que vous n'avez pas pris la mesure de votre chance, monsieur, si je peux me permettre.

— Mais bordel je n'ai pas été assez clair ? Qu'est-ce que vous voulez ? QU'EST-CE QUE VOUS VOULEZ À LA FIN ? Vous voulez me rendre dingue, c'est ça ?

— Je suis heureux que vous me posiez cette question parce que justement, ce que j'ai à vous proposer est particulièrement attractif. Prenez mon appel comme une chance. J'ai l'impression que vous avez besoin d'un élément positif dans votre vie. Sachez que Cuisine Concept peut être cet élément ! Car figurez-vous que je suis en mesure de vous proposer cette semaine une réduction ahurissante sur le prix de nos cuisines. Attention je ne vous parle pas ici de réductions ou de promotions, non monsieur, je vous parle d'une offre qui vous est spécialement attribuée, à vous, en remerciement de notre relation. Allô ? Allô ?

— …

QUINZE

Salut mon petit Gigi ! Tu as bien mangé, tu as fait ta petite pause ?

La première fois que Steeve a passé la tête dans le box de Jean-Jacques au retour de sa pause déjeuner, Jean-Jacques n'a rien dit, surpris que Steeve lui adresse la parole.

Salut mon petit Gigi !

Il n'a rien dit, rien osé dire pour ce diminutif ridicule. Gigi. Des initiales qui, collées ensemble, donnent un nom presque féminin.

Il n'a rien osé dire, flatté qu'une personne comme Steeve connaisse son prénom.

Steeve le boute-en-train a passé la tête, entouré comme à son habitude par sa horde d'admiratrices, pavanant et gloussant derrière lui pour s'attirer ses faveurs.

Tous les jours, à l'heure du déjeuner, quand Steeve se lève pour aller déjeuner, tous disparaissent.

Et quand Steeve revient, il fait une petite halte devant le box de Jean-Jacques, passe la tête, et fait rire son petit groupe avec une petite phrase bien sentie.

Tous les jours, Jean-Jacques se demande si la horde des admiratrices rit de lui ou de l'intonation de Steeve.

Salut mon petit Gigi, tu as bien mangé ? Tu as fini ta petite pause ? Tu as bien pensé à faire ton petit pipi ?

Jean-Jacques, qui ne sait comment réagir, sourit, comme un bon collègue.

Secrètement, il l'envie. Car Steeve n'a besoin d'aucun calepin rempli de facéties pour faire rire. Steeve n'a besoin d'aucun calcul pour être entouré. Steeve n'a besoin d'aucun apparat pour attirer toute la gent féminine de l'étage.

Jean-Jacques regarde Steeve, et lui sourit comme tous les jours, résigné.

SEIZE

Seul dans son box, Jean-Jacques se balance tout doucement. Tout doucement parce qu'il sait qu'il est entouré d'ennemis, à commencer par sa chaise qui grince dès qu'il se berce trop fort, sa chaise qui se ferait un malin plaisir de signaler à son manager son manque de combativité.

Jean-Jacques chante silencieusement dans sa tête, très discrètement, mais le bruit ambiant se multiplie à mesure que les téléprospecteurs reviennent de leur pause déjeuner.

Jean-Jacques est gêné, il n'entend pas sa propre musique, pourtant il en a besoin pour calmer son anxiété. Il sait qu'il doit rapidement reprendre le rythme des appels s'il ne veut pas être le mauvais exemple du prochain brainstorming.

J'ai attrapé un coup de soleil...

Mais le bruit ambiant est beaucoup trop fort, le brouhaha le gêne, il n'arrive pas à se concentrer.

J'ai attrapé un coup de soleil...

Machinalement, Jean-Jacques saisit la liasse de pages agrafées posée sur son bureau, challenge de l'après-midi, et appuie mollement sur les touches du téléphone.

Un frisson lui parcourt le corps. Il raccroche, choqué.

Jean-Jacques recompose le numéro. Non, il n'a pas rêvé.

Il recompose encore une fois, mais il a beau vérifier, oui, elle est là, elle est bien là, sa chanson, celle qu'il n'arrive pas à se chanter à cause du bruit ambiant, elle est là, elle lui tend les bras, elle se niche dans ses oreilles, dans ce brouhaha grandissant, elle se cache dans le combiné, tel un imperceptible rayon de bonheur.

Do la la la la la la la la la la la la la sol fa#

Jean-Jacques presse frénétiquement les touches, ce qui ravit son manager qui se demandait pourquoi la ligne de Jean-Jacques était inoccupée depuis quelques minutes.

Jean-Jacques appuie, et soudain, son visage s'apaise, il n'en fallait pas moins que quatre touches de téléphone, quatre touches qui reproduisent à la perfection sa chanson, pour peu qu'il se concentre bien sur le rythme.

Jean-Jacques regarde si quelqu'un le regarde, et tout à coup son rythme cardiaque s'accélère. Do la la la la la la la la la la la la sol fa#, elles sont là, elles sont bien là, les notes de la chanson, quatre notes seulement, mais quelles notes ! Une mélodie de promesse d'amour, un accord parfait qui lui dit que ses rêves ne sont pas vains.

Jean-Jacques regarde encore autour de lui. Il sait bien qu'il doit rester discret. Tout d'abord parce que son manager rôde et fait les cent pas derrière l'alignement des box.

Mais surtout parce qu'il se souvient parfaitement de la bouffée de honte le jour où ses collègues ont entendu la musique sortir de son casque. Un avis péremptoire l'avait estimée ringarde, et c'était sans appel.

Alors Jean-Jacques avait ri aussi, disant qu'il ne comprenait pas qui avait bien pu mettre cette musique sur sa cassette, ah ah on dirait que quelqu'un m'a fait une blague ! Mais intérieurement, il se demandait comment une si belle chanson pouvait attirer les foudres de la jeunesse.

Tassé sur sa chaise, Jean-Jacques repense à cette anecdote en essayant discrètement de composer sa chanson sur son clavier de téléphone.

Magie des touches, à chaque fois le résultat est stupéfiant : le téléphone insuffle dans les oreilles de Jean-Jacques la parfaite harmonie de sa chanson, qu'il peut maintenant entendre à loisir pendant que tous les autres le croient à son poste.

Jean-Jacques repense à cette histoire et se demande en quoi chanter l'amour serait ridicule. Tout en appuyant frénétiquement sur les touches du téléphone, il s'interroge. Y a-t-il un âge de péremption pour ne plus croire à l'amour ?

Car en dépit de sa solitude, Jean-Jacques croit à l'amour romantique, à l'amour parfait, à l'amour libérateur. De toute son âme il l'espère, il l'attend, et ne doute pas que la chanson dit vrai.

Ça y est c'est sûr
Faut qu'j'me décide
J'veux faire le mur
Et j'tombe dans l'vide
J'sais qu'tu m'attends
Près d'une fontaine
J't'ai vu descendre d'un arc-en-ciel
Je m'jette à l'eau
Aux pluies d'été
J'fais des bateaux
Dans mon quartier
Il fait très beau
On peut ramer
La mer est calme
On peut s'tirer

DIX-SEPT

Brainstorming, tout le monde dans la salle !

Jean-Jacques laisse son combiné à regret pour regagner le lieu de réunion. Il s'approche mais reste dans l'encadrure de la porte, car il n'aime pas les brainstormings.

Tout le monde est là, on peut commencer ? Jean-Jacques avance un peu, viens avec nous, on dirait que tu veux t'enfuir. Mets-toi près de moi, voilà, au milieu de tout le monde tu seras bien. On peut démarrer ?

En ce qui concerne Steeve c'est bien, c'est très bien même. Steeve a décroché trois rendez-vous ce matin, il faudra que tu nous donnes ton secret, je me demande si tu ne ferais pas un peu de charme à ces dames pour avoir un si bon ratio. Tu leur proposes une photo de toi en petite tenue, c'est ça ? C'est une photo de ton corps parfait et musclé qui les fait craquer ? Trêve de plaisanterie, dis-nous Steeve, quel est ton truc ? Je n'ai jamais vu un si bon rendement. On applaudit Steeve.

Très bien. On a un autre sujet à aborder, c'est le sujet Jean-Jacques. Alors Jean-Jacques, ce n'est pas la même affaire.

Mais qu'est-ce qui se passe mon vieux ? Toi aussi tu as envoyé une photo de toi ? Mais la technique n'a pas eu le succès escompté et contrairement à Steeve, ces dames ont raccroché ? Je plaisante, bien sûr. Je plaisante ! Ne fais pas cette tête-là Jean-Jacques, je crois qu'il vaut mieux prendre cela avec légèreté.

Arrête avec ton amour-propre mal placé, s'il te plaît. Je t'assure qu'il vaut mieux pour toi avoir un manager comme moi, bienveillant. Je ne sais pas ce qui se passerait pour toi si tu étais dans une autre boîte. Vraiment, je n'imagine pas. Et puis à ton âge, avoir un emploi c'est précieux. Tu es conscient Jean-Jacques qu'à ton âge on ne retrouve pas du boulot aussi facilement ? Tu es bien conscient de cela ? Arrête avec cette tête d'enterrement s'il te plaît, je fais une petite plaisanterie et voilà où tout cela nous mène. Non, franchement Jean-Jacques, regarde ce qui se passe dehors et remercie le ciel d'avoir ce boulot.

Alors prenons la question à bras le corps. Tu as rappelé l'homme au cancrelat, et je t'en félicite. Mais j'ai écouté ta conversation très attentivement. Et figure-toi que j'ai trouvé ce qui cloche dans tes appels. Ton problème, Jean-Jacques, d'une façon générale, c'est l'ambiance. C'est ta façon d'être. Voilà, c'est exactement ça : le problème, c'est ta façon d'être. Dans notre métier, il faut aimer les gens.

Attention écoutez bien attentivement, ceci est valable pour tout le monde et pas uniquement pour Jean-Jacques.

Il faut aimer les gens, et cela même s'ils sont un petit peu désagréables avec nous. Jean-Jacques, dans ton appel je trouve que tu n'es pas assez dans l'amour de l'autre. Ton interlocuteur doit t'entendre sourire. Exactement, tu peux prendre note de ça : t'entendre sourire.

Ayez des voix plus enjouées, soyez plus souriants et parlez plus fort ! Il n'y a que comme ça que ça arrive. Prenez le dessus parce qu'il y a beaucoup de gens qui raccrochent. Alors parlez plus fort qu'eux, on le sait que c'est important. On ne vous demande pas de hurler, mais de parler plus fort pour vous imposer.

Et n'oubliez pas que la personne qui va dire oui, ce sera pour vous, et pas pour le produit.

Allez, on y retourne, je voudrais un peu plus de pêche là, tous ensemble, comme une vraie équipe : Avec Market force plus, c'est la vente, l'humain en plus !

DIX-HUIT

Seul assis sur son banc, Jean-Jacques se réjouit d'avoir pris aujourd'hui une salade de thon à la catalane, celle avec des pâtes, des tomates, des poivrons et des olives. En l'ouvrant il se demande pourquoi il alterne les boites, celle-ci étant sa préférée, ce serait plus simple de la manger quotidiennement.

Jean-Jacques est joyeux, la vie a parfois des allures de printemps, car il sait maintenant que grâce aux touches de son téléphone, il n'est jamais très loin de sa chanson. Il se sent comme un enfant qui prépare un bon coup, c'est son petit secret à lui, que personne ne peut lui prendre.

Il se souvient avec émotion du jour où il a dû renier sa chanson devant les collègues. La fois du baladeur.

Il se souvient aussi, et avec plus d'amertume encore, le jour de l'humiliation. C'était un jeudi. Tous ses collègues étant partis précipitamment déjeuner, il avait profité du calme et des bureaux vides pour se laisser aller à son rêve. Ses écouteurs hurlant plein pot dans ses oreilles, il s'était regardé dans le miroir, un stylo dans la main en guise de micro.

Il avait chanté, vociféré son amour, scrutant et contemplant son image, prenant des airs romantiques et langoureux.

Il ne savait pas que dans les entreprises de ventes par téléphone, les managers prévoient toujours un miroir sans tain pour surveiller discrètement les téléprospecteurs.

Il ne savait pas non plus que les collègues retardataires s'étaient cachés dans ce cagibi, attendant son départ pour rejoindre la horde joyeuse.

Il l'ignorait, jusqu'à ce qu'ils sortent, hurlant de rire, et dévalant les escaliers, stylos à la main en guise de micro en chantant à tue-tête *Ti amo*.

Outre la vexation suprême et l'angoisse de ce qui en serait raconté, Jean-Jacques avait été choqué que l'on puisse confondre deux chansons si différentes.

Ti amo était une chanson d'amour certes, mais qui n'avait rien de la finesse et la grâce de sa chanson à lui.

Depuis cette mésaventure, Jean-Jacques se méfie de tous, mais surtout de lui-même. Ses envolées musicales doivent rester discrètes.

C'est pour cela qu'aujourd'hui, Jean-Jacques est si heureux. Sa mélodie accessible dans le fond de son combiné... Avec ça, rien ni personne ne peut désormais l'empêcher de rêver.

Pour fêter sa trouvaille, Jean-Jacques a prévu exceptionnellement une petite gourmandise, en plus de son dessert. Juste pour le plaisir, quelques poignées de fruits séchés, mélange de raisins secs, amandes et noisettes qu'il garde jalousement dans un tiroir de son bureau en cas de coup dur.

Assis sur son banc, il se délecte, croque ses fruits à pleines dents, comme quoi la vie peut aussi avoir des allures de printemps.

Jean-Jacques, tout à son bonheur, lève les yeux. Il se rassoit tout à coup quand il voit qu'une personne le regarde par la fenêtre. Il cale rapidement son fessier en avant, garde les pieds au sol et se tient bien droit, comme on le lui a appris. Non, Jean-Jacques ne se serait pas laissé aller de cette façon s'il avait senti une présence.

Il mange ses fruits secs avec plus de retenue maintenant, se repentant de s'être montré goulu.

Il regarde furtivement la fenêtre, un reflet l'empêche de distinguer très clairement, mais à coup sûr deux silhouettes se dessinent derrière un rideau en crochet. Un homme, une femme se tiennent là, l'un devant l'autre, à la dérobée. Un couple.

Jean-Jacques essaie de rester discret, mais son regard est attiré vers la fenêtre comme un insecte vers un faisceau lumineux.

Vraisemblablement il s'agit d'un couple d'un certain âge, laissant Jean-Jacques songeur.

Un couple comme il n'en existe plus dans notre société du changement. Un couple qui a su traverser les épreuves de la vie, avec ses hauts, et ses bas. Mais ensemble. Tendresse.

Jean-Jacques tente de rester discret, mais ses yeux rêveurs sont happés par ce rayonnement de l'amour.

L'union de toute une vie. Où chacun a fait de l'autre sa priorité, son absolu, son idéal et sa raison de vivre. Tendresse.

Où l'amour de soi devient secondaire, où le don devient priorité. Où la parole donnée a valeur de serment. Tendresse.

DIX-NEUF

Lâche ce rideau immédiatement André, mais tu réfléchis parfois ! Voilà grâce à toi il nous a vus, maintenant ! Mais enfin André, tu n'es vraiment pas malin.

À quoi ça sert que je dise « Viens discrètement » si c'est pour être aussi fin qu'un éléphant. Sincèrement André, tu mériterais que je ne te fasse pas profiter de mes découvertes.

Bien sûr qu'il nous a vus, et voilà maintenant il nous regarde.

Non mais franchement André, avec toi je ne suis pas aidée. Je t'en ficherais de la discrétion, moi.

Fichu André.

VINGT

Assis sur son banc, Jean-Jacques est joyeux comme un enfant qui prépare un bon coup. Il pense à sa musique qui ne le quittera plus.

Il se demande comment cette mélodie a pu naître, comme par magie, sous ses doigts malhabiles. Sans même le vouloir.

Jean-Jacques mâche ses fruits secs. Tout à coup son cœur accélère. Il se met à transpirer. Quelle est la probabilité pour que la chanson se dessine au hasard des appels de téléprospection ?

Jean-Jacques a chaud. Il réalise combien il est chanceux que la musique se soit offerte à lui et prenne forme sous ses doigts. Une chance unique, une chance sur des millions...

Jean-Jacques transpire. La chance n'y est pour rien. C'est le destin qui lui parle. Le destin qui lui présente tout ce dont il a toujours rêvé. L'amour, la fin de la solitude, un sens à sa vie.

Jean-Jacques ne respire plus. Il est comme soufflé. Ce qu'il aperçoit est vertigineux : à travers ce numéro, la providence lui offre de rencontrer son âme sœur.

Elle est là. À portée de combiné.

Il en est sûr. Il le sent.

Une intuition évidente lui parcourt l'échine.

Jean-Jacques sort de sa poche le papier sur lequel est inscrit le numéro. Il le serre, il le serre fort, comme une preuve que tout est possible, comme une preuve que l'amour peut exister, ses ongles rentrent dans la paume de ses mains.

Jean-Jacques, le regard hébété, serre encore. Ses ongles entrent dans sa chair, sa chair meurtrie de tant de solitude. Cette sensation de brûlure sur sa peau est comme un baume, un rappel que son corps est vivant.

Jean-Jacques ressent alors un vertige immense, énorme, brutal et vivifiant. Sa vie va prendre sens.

VINGT ET UN

— Bonjour monsieur, c'est à nouveau Jean-Jacques de la société Cuisine Concept. Je me permets de vous rappeler, monsieur, car je crois que nous jouons de malchance vous et moi. Hier, lors de notre dernière conversation, nous avons une nouvelle fois été interrompus. Surtout, ne prenez pas mal ce que je vais vous annoncer, je le dis au nom de notre amitié... mais je me demande si votre ligne téléphonique ne serait pas défectueuse.

— Vous vous foutez de moi ? Dites-moi que c'est une blague ?

— Mais pas du tout, je suis très sérieusement inquiet pour votre ligne téléphonique qui montre des signes de faiblesse assez évidents. Sans vouloir vous offenser.

— Comment vous appelez-vous, déjà ?

— Jean-Jacques.

— Dites-moi Jean-Jacques, EST-CE QUE JE NE VOUS AI PAS DÉJÀ DIT D'ALLER VOUS FAIRE FOUTRE ?

— Si, monsieur.

— ET ALORS, QU'EST-CE QUI N'EST PAS CLAIR DANS LE CONCEPT D'ALLER VOUS FAIRE FOUTRE ?

— Vous m’avez posé une question.

— OUI ! Je vous ai demandé ce qui n’était pas clair pour vous dans le concept d’aller vous faire foutre !

— Non, je veux dire lors de notre dernier appel. Vous m’avez posé une question.

— Mais qu’est-ce que vous... Vous êtes complètement malade...

— Dans les quatorze conseils pour réussir en téléprospection, il est indiqué que la différence entre ceux qui réussissent et les autres, c’est de bien suivre la maîtrise de son guide d’entretien téléphonique, aussi appelé le script téléphonique. Or mon script téléphonique m’indique que toute question de mon interlocuteur doit être prise comme un signe d’intérêt.

— Mais bordel de bordel, comment faut-il vous le dire que je ne suis pas intéressé ? Comment faut-il vous le dire ?

— Vous voyez là encore, vous me posez une question. Je vais être obligé de vous rappeler ultérieurement.

— Non ! Arrêtez, pitié ! Et si je raccroche là, tout de suite, c’est bon ?

— Bien sûr que non ! Une conversation non aboutie doit obligatoirement être reproposée ultérieurement à l’interlocuteur. Si vous raccrochez, je n’aurai d’autre choix que de vous rappeler.

— Écoutez, j’ai déjà contacté mon opérateur téléphonique, je suis inscrit sur la liste rouge, vous pouvez vérifier. Je suis aussi inscrit sur la liste d’opposition téléphonique mise en place par l'État. J'ai également fait placer votre numéro de téléphone dans la liste des numéros exclus des opérations de télémarketing, j'ai installé une application permettant de bloquer les appels sur mon téléphone, je paie, vous entendez, je paie pour un abonnement mensuel de services de blocage d'appels ! Je suis à bout, vous m'entendez ? À bout ! Je ne vois pas ce que je peux faire de plus, et sachez que je pense sérieusement à porter plainte contre vous. Tout à fait. Je vais porter plainte pour harcèlement. Et maintenant que vous êtes prévenu, je vais raccrocher. Je vous prie de noter que notre appel n'a pas été interrompu, je vais raccrocher de mon plein gré. Je ne vous pose aucune question, je ne vous dis pas à bientôt. Je ne suis pas intéressé par votre proposition, ma ligne téléphonique n'a aucun problème. Je vais raccrocher et je souhaite que vous ne me rappeliez jamais. Vous avez bien entendu ?

— Oui, j'ai bien entendu votre question, monsieur.

— Et merde...

VINGT-DEUX

Brainstorming, tout le monde en place ! Alors les petits gars, on se dépêche, ce n'est pas la cour de récréation !

Je ne passerai pas par quatre chemins, je vais vous le dire tout net, je suis déçu. Et même dépité. J'ai l'impression d'avoir une équipe de ramollos, de mous du bulbe. C'est un euphémisme, évidemment. Une vraie bande de bras cassés.

Steeve, viens là au milieu, que tout le monde te voie. Steeve tu m'as beaucoup déçu. Je pense que tu sais pourquoi ? Non, tu ne vois pas ? L'appel numéro 13. La vieille. Alors pour que tout le monde comprenne : Steeve a accroché une vieille, toute mignonne qui lui répond gentiment et lui laisse dérouler le script jusqu'au bout. Au moment de prendre le rendez-vous, la dame remercie Steeve de sa proposition, mais l'informe qu'elle doit rentrer à l'hôpital pour une intervention assez lourde.

Vous imaginez la réponse de Steeve ? Je vous le donne en mille, Steeve répond « Excusez-moi madame de vous avoir dérangée alors que vous avez d'autres soucis, je vous souhaite bien du courage pour votre opération. »

Steeve ? Steeve, est-ce que ce n'est pas ça qui s'est passé ? Oh oui, tu peux baisser la tête. Tu peux avoir honte, oui.

Tu la tenais, la vieille, tu la tenais ! Elle te mangeait dans la main ! Tu avais dans tes filets LA cible parfaite, l'interlocutrice dont tout le monde rêve ! Vieille, malade, seule : le trio gagnant pour nous !

Steeve, je suis très déçu. Toi que je considère être un champion, j'avoue avoir de plus en plus de doutes sur ta capacité de vendeur. Mais enfin Steeve, qu'est-ce qui t'arrive ?

Mais je m'en fous qu'elle te fasse penser à ta grand-mère ! Et je ne vois pas le rapport : tu ne serais pas capable de vendre une cuisine à ta propre grand-mère ? Mais enfin Steeve il faut savoir ce que tu veux dans la vie : tu es un winner ou un looser ?

Vraiment, je ne te reconnais pas. Mais vraiment pas du tout. Jamais je ne t'aurais cru capable de faire une telle erreur… Une erreur de débutant ! Même Jean-Jacques n'aurait pas fait mieux.

D'ailleurs en parlant de Jean-Jacques, tiens Jean-Jacques viens au milieu, que tout le monde te voie. Tu peux partir Steeve.

Alors Jean-Jacques je suis quand même assez étonné par ton travail.

J'ai l'impression que mes conseils portent leurs fruits. Tu l'auras compris, je parle de l'homme au cancrelat. J'ai suivi ton dernier appel, et je dois admettre que tu m'as surpris.

Écoutez tous l'exploit de Jean-Jacques : l'homme en question se targue de ne pas être intéressé par notre produit, menace de porter plainte et dans le même temps il pose une ultime question à la fin de son appel. Il pose une question : il en redemande ! Jean-Jacques, je crois que tu tiens là un gros poisson.

D'une façon générale, on peut dire que tu gagnes en pugnacité, et j'ai de bons espoirs pour toi. Comme quoi dans la vie, rien n'est jamais perdu...

Bravo Jean-Jacques, allez on applaudit Jean-Jacques qui a bien mérité quelques encouragements.

VINGT-TROIS

Reclus dans son box, Jean-Jacques s'assoit sur sa chaise de bureau, cale son fessier en avant, garde les pieds au sol et se tient bien droit, comme on le lui a appris.

Il ouvre les yeux pour constater avec effroi que tout est sens dessus dessous.

Seule l'horloge en plastique est encore en place.

Sur le sol, la cinquantaine de pages déchirées côtoie le pot à crayons qui porte le logo de l'entreprise et l'image d'un ciel nuageux, comme une promesse non tenue dans cet espace clos et sans lumière du jour.

Le trieur de lettres en métal de couleur noire et de haute qualité est renversé sur la table, troublant le calme et la sérénité nécessaires pour travailler avec obstination.

Quand Steeve est entré dans son bureau cinq minutes plus tôt, Jean-Jacques n'a pas tout de suite compris. *Ah ça t'amuse ?*

Steeve, furieux et fulminant, avait tout jeté par terre.

Non, pas du tout, ça n'amusait pas Jean-Jacques, ni d'être pris en modèle, ni de plaire tout à coup à son manager. Tu penses que tu vas me mettre plus bas que terre sans que je ne dise rien ?

Jean-Jacques savait que cette colère ne lui était pas destinée, mais que la vexation était trop forte. Elle devait être évacuée d'une manière ou d'une autre.

Jean-Jacques savait qu'il n'avait rien à se reprocher. *Tu crois que je vais me laisser faire par un vieux ? Un vieux même pas foutu de vendre ? Mais c'est moi le winner ici, tu entends ? C'EST MOI LE WINNER !*

Jean-Jacques aurait aimé lui montrer la tâche de gras sur le mur, derrière le trieur. Il aurait voulu lui expliquer qu'il n'aspirait qu'à devenir comme elle, transparent, insipide, invisible aux yeux de tous, caché sur un mur, derrière un trieur. Et surtout pas mis en valeur par son manager.

Mais Steeve ne lui en avait pas laissé le temps, furieux et fulminant. *Tu penses que tu vas me mettre plus bas que terre sans que je ne dise rien ? Tu crois que je vais me laisser faire par un vieux ? Un vieux même pas foutu de vendre ?*

À nouveau seul dans son box, Jean-Jacques replace méticuleusement les posts-it à sa gauche, de sorte qu'ils soient parfaitement alignés au bord du bureau. Il pose ensuite ses trois surligneurs vert, rose et jaune dans l'ordre indiqué.

L'intrusion de Steeve tourne sans fin dans sa tête : Steeve debout, regardant le bureau de Jean-Jacques, accoudé sur la chaise, les jambes écartées, comme un bonhomme. Steeve jetant la liasse de papier par terre, Steeve ouvrant les tiroirs du bureau, et découvrant la petite réserve de fruits séchés, mélange de raisins secs, amandes et noisettes en cas de coup dur.

Mais c'est quoi ça, ces trucs dégueulasses qui traînent... Tu bouffes ça, toi ?

Steeve avait pris une poignée de raisins secs dans la main. *Mais c'est dégueulasse, on dirait des petites burnes ! Mais si regarde bien, on dirait tes petites burnes à toi, toutes sèches et toutes rabougries... les petites couilles de Jean-Jacques que je tiens dans ma main, tu sais ce que j'en fais des petites couilles de Jean-Jacques ?*

Il avait jeté la poignée de fruits dans sa bouche et avait rageusement mastiqué les raisins secs en regardant Jean-Jacques droit dans les yeux.

Était-ce le fruit de son imagination ? Jean-Jacques avait ressenti une violente douleur aux testicules.

Tu crois que je vais me laisser faire par un vieux qui pianote sur son clavier alors qu'il n'est même pas en session de téléphone ?

Jean-Jacques avait blêmi.

Ah tu croyais que tu étais discret ? Mais pas du tout mon pauvre vieux, j'ai bien repéré ton petit manège, alors je ne sais pas à quoi tu joues mais je te promets que si tu t'amuses une nouvelle fois à me marcher sur la gueule, je te balance, toi et tes magouilles de touches téléphoniques.

Seul dans son box, Jean-Jacques ramasse la corbeille en plastique bleu-turquoise avec incrustation de motifs papillon et repose le gobelet sale au fond. La scène se rejoue dans sa tête, encore et encore.

C'est quoi ce papier, c'est quoi ce papier ? C'est ça que tu tapes toute la journée quand tu es tout seul dans ton box ? C'est quoi ces chiffres ? Ça veut dire quoi cette succession de chiffres ? Tu ne veux pas me le dire ? Et bien regarde ce que j'en fais de ton truc, regarde bien.

Jean-Jacques avait vu Steeve déchirer le papier. Les chiffres sacrés qui formaient avec justesse la musique. Sa musique. Jean-Jacques avait vu Steeve fourrer le papier dans sa bouche, le mâcher, le mâcher, et recracher le tout, un tout informe, glaireux, sur son bureau. Puis il était sorti, triomphant.

Jean-Jacques regarde maintenant cette boule de papier, une pâte gluante et répugnante, pleine de salive. Il l'attrape avec un mouchoir, la regarde un instant. Il se demande si le destin lui parle par métaphore. Son rêve d'amour serait-il bon à mettre à la corbeille ? Jean-Jacques pose délicatement le détritus au fond de sa poubelle bleue aux motifs papillon.

Il se demande s'il y a une date de péremption pour l'amour.

J'ai attrapé un coup de soleil
Un coup d'amour un coup d'je t'aime

VINGT-QUATRE

Assis sur son banc, Jean-Jacques examine sa boîte de conserve. Il devrait se réjouir puisqu'il a choisi aujourd'hui la salade de thon à la catalane, sa préférée.

Mais rien à faire, il n'a le goût de rien, comme quoi la vie a parfois des allures d'hiver. Jean-Jacques pose sa boîte de conserve sur le banc, à côté de lui.

Il repense à l'intervention de Steeve dans son bureau, furieux et fulminant. Et lui viennent maintenant toutes sortes de réponses piquantes et cinglantes. Tout ce qu'il aurait pu lui dire pour le moucher et le remettre à sa place une bonne fois pour toutes. Seulement voilà, il est trop tard. Jean-Jacques ne comprend pas pourquoi son sens de la répartie est toujours à contretemps. Pourquoi, mais pourquoi donc toutes ces phrases bien senties n'arrivent jamais au bon moment ?

Jean-Jacques repense à la boule de papier glaireuse, dont la bave a effacé à jamais les chiffres si précieux. Il se dit que cette fois on ne lui enlèvera pas ses rêves d'amour. Non on ne les lui enlèvera pas.

Alors il retrousse sa manche, sort de la poche de son manteau un compas et un stylo bille judicieusement prélevés dans le stock de fournitures communes.

Michèle, debout à son poste derrière son rideau en crochet, se demande bien ce qu'il fait.

Je me demande bien ce qu'il fait, dit-elle à André, resté dans le salon.

Jean-Jacques a vu un reportage un jour à la télévision : il suffit de se munir d'un stylo bille, d'en extraire la tige molle de l'étau en plastique et de couper la tige en deux. On accède ainsi à l'encre liquide.

Jean-Jacques procède méticuleusement. Il sort maintenant son compas, et regarde le bout métallique pointu.

Puis, méticuleusement, il trempe la pointe dans l'encre du stylo bille et se l'enfonce dans la chair de l'avant-bras. Le premier point est le plus douloureux. Pour les autres, tous les autres, qui formeront les chiffres parfaits de l'amour, Jean-Jacques en supporte la souffrance en pensant que personne ne pourra jamais plus lui enlever ce numéro, plus personne ne pourra plus jamais lui ôter son rêve.

Michèle est effarée. Regarde André, non mais viens voir je te dis, c'est tout bonnement incroyable. Regarde le type, celui qui déjeune dans la rue, il se tatoue quelque chose sur le bras !

Mais si je t'assure ! Je te mets ma main à couper que c'est une histoire d'amour. Il n'y a que les histoires d'amour pour faire autant de dégâts.

André tente mollement de dire à Michèle que beaucoup de choses peuvent faire dommages, à commencer par des problèmes au travail.

Non mais enfin André tu réfléchis parfois, tu vois un homme de son âge se tatouer le nom de son méchant patron ? Ou se tatouer le numéro du dossier qu'il n'a pas rendu à temps ?

Ah, mon pauvre André, tu n'as pas deux sous de jugeote, et pas une once de romantisme. Enfin je ne t'en veux pas, le romantisme est l'apanage des femmes, c'est bien connu.

Oui parfaitement André, je suis bien la seule romantique dans notre couple, et c'est ça qui me désole.

Enfin quand je dis romantique, je veux dire dans une certaine mesure. Dans la limite du raisonnable.

Tu peux partir dans le salon, je sais très bien que tu m'entends, André ! Tu vois, tu ne dis rien, c'est bien la preuve !

Ah ça c'est sûr, ce n'est pas toi qui te serais tatoué mon nom sur le bras avec un bic et une pointe de compas. Tu n'es pas un passionné, voilà tout.

Mais moi... moi qui suis sensible, je le comprends, cet homme. Je trouve qu'il mérite de trouver l'amour.

Vraiment, je lui souhaite. Ce n'est pas comme toi, dont l'amour tombe tout cuit dans la bouche. Tu sais quel est ton problème, André ? Ton problème c'est qu'avec moi tu as la vie facile. Tout à fait, la vie tellement facile que tu n'as pas à te battre pour moi, comme un chevalier qui aurait à cœur de montrer son courage. Voilà ton problème.

VINGT-CINQ

De retour dans son box, Jean-Jacques regarde le numéro tatoué sur son bras. Le résultat n'est pas à la hauteur de ses attentes. Au lieu d'un beau tatouage viril synonyme de puissance et de force, des numéros baveux aux tailles différentes dégoulinent.

Jean-Jacques regarde sa tentative d'affirmation ostentatoire de virilité couler et suinter sur son bras fin et imberbe. Jean-Jacques, qui pensait que son corps utilisé comme support d'une pratique douloureuse deviendrait une œuvre d'art romantique, réalise que la dimension esthétique n'est pas au rendez-vous.

Jean-Jacques est déçu. Mais sa déception n'est que peu de choses face à la grandeur de son espoir et au potentiel de ses rêves. Car Jean-Jacques, au lieu de voir sur son bras le plus gros des ratés de l'histoire des tatouages, regarde ému, le numéro à peine lisible. Il le caresse du regard avec tendresse, comme la chance ultime de sa vie. Il sait bien que cet espoir est fou, que cela n'a aucun sens.

Pourtant sa chanson lui dit bien :

J'veux plus rêver, j'voudrais qu'tu viennes
Me faire voler, me faire je t'aime

Jean-Jacques n'a plus le temps de rêver. Il décide, envers et contre tout sens commun, que son rêve doit maintenant prendre corps. Prendre corps dans un vrai corps. On ne navigue pas une vie entière en solitaire. C'est décidé, il veut en avoir le cœur net.

Et si je rêve tant pis.

Alors il décroche le combiné et compose le numéro. Non pas en faisant le rythme de la chanson, non, en ralentissant volontairement ses doigts nerveux. Il caresse chaque touche comme on caresse un corps, tendu dans une quête, prêt à se perdre pour un mot d'amour. Jean-Jacques, en héros romantique, n'a plus qu'une touche à enfoncer pour atteindre son rêve inaccessible.

Mais tout à coup, la violente réalité s'abat sur son esprit rêveur : la conscience aiguë et douloureuse que son rêve est insensé.

Il raccroche avant d'avoir appuyé sur le dernier numéro.

VINGT-SIX

— Bonjour monsieur, c'est à nouveau Jean-Jacques de la société Cuisine Concept.

— Oui je sais, j'ai reconnu votre numéro. J'ai mis une application pour vous reconnaître : quand vous appelez, il y a une tête de mort qui apparaît sur mon écran.

— C'est intéressant. Je me permets de vous rappeler, monsieur, parce que...

— Oui, je sais. Parce que je vous ai posé une question. Je me suis fait avoir comme un bleu.

— Tout à fait. Ou alors il y a autre chose.

— Quoi ? De quelle chose parlez-vous ?

— Pardonnez ma familiarité, mais si je peux me permettre, je crois que vous portez intérieurement un désir que vous ne vous autorisez pas consciemment.

— Qu'est-ce que c'est que ces conneries encore...

— C'est tout de même intéressant que vous me posiez systématiquement une question, à chacun de nos appels ! Vous êtes secrètement intéressé, mais vous ne vous autorisez pas à l'admettre. Pourquoi, je ne sais pas... il faudrait faire une petite introspection pour le savoir.

— Écoutez, je ne suis pas intéressé. Ma cuisine est récente, elle me convient tout à fait, et si je vous ai posé une question, c'est par réflexe, c'est tout. C'est un tic de langage. Voilà. Je suis poli, maintenant je voudrais raccrocher.

— Intéressant.

— Quoi ?

— C'est intéressant votre manière de porter inconsciemment un rêve tout en mettant consciemment un couvercle dessus. Vous me faites penser à quelqu'un...

— Je ne peux pas vous faire penser à quelqu'un étant donné que vous ne me connaissez pas. Nous ne nous sommes jamais vus, vous ne savez pas qui je suis, ce que vous dites n'a aucun sens. Vous essayez encore de me manipuler pour me vendre votre cuisine.

— Mais pas du tout. C'est à moi que vous me faites penser. Moi aussi j'ai un rêve, figurez-vous. Pas un rêve de cuisine, mais un rêve qui me porte et me fait vibrer. Qui me donne envie de vivre malgré tout.

— ...

— Vous ne me demandez pas quel est ce rêve ?

— Non. Je m'en fous. Vous et votre rêve ne m'intéressez pas, monsieur.

— Appelez-moi Jean-Jacques, je vous en prie. Nous avons tellement de points communs.

— Écoutez Jean-Jacques, je comprends bien que avez besoin de parler et que vous cherchez une compagnie. Seulement voilà, notre relation ne va que dans un sens, car de mon côté... comment le dire en restant courtois... JE N'EN AI RIEN À FOUTRE DE VOUS ! OUBLIEZ-MOI ! J'ai une vie, moi, monsieur, je ne suis pas une ligne d'appel pour personne en détresse, vous, votre rêve et votre cuisine ne m'intéressez pas ! JE N'AI PAS LE TEMPS POUR CES CONNERIES, MERCI, ADIEU !

VINGT-SEPT

Oui, enfin quand je dis que c'est beau, je me comprends. Le romantisme, c'est bien en petite quantité. Point trop n'en faut. Tu comprends ce que je veux dire, André ? Mais André ne répond pas.

André, viens voir !

André vient mollement, le pas traînant, laissant glisser ses pantoufles sur le sol, ce qui a le don d'exaspérer Michèle. Enfin André lève tes pieds, tu n'es pas encore un vieillard, un peu de tenue, que diable.

Qu'est-ce que tu en penses, toi, de cet homme qui se tatoue ? Parce qu'en y réfléchissant, je ne peux pas m'empêcher de penser... En fin de compte, toutes ces histoires... C'est beau mais c'est ridicule, non ?

Toutes ces générations qui rêvent d'amour... mais enfin, l'amour rend fou, c'est bien connu, hein André, qu'en penses-tu ? Parce que finalement dans notre société actuelle, on rêve, on rêve... et on divorce ! Tu connais le nombre de divorces actuellement, André ? André, ne pars pas dans le salon quand je te parle, enfin, c'est très désagréable, on dirait que tu te fiches de ce que je te dis… tiens, viens t'asseoir, je t'assure que tu ne me montres pas beaucoup d'intérêt à notre conversation. Essaie de prendre un air enjoué !

Je te disais, connais-tu le nombre de divorces actuellement ? Non ? Et bien c'est énorme… je ne me souviens plus du nombre exact, mais je me souviens précisément que c'est énorme. Et je ne peux pas m'empêcher de penser qu'à force de rêver, les gens ne sont plus dans le réel.

Tiens, c'est très beau, ce que je viens de dire. Tu devrais le noter dans un carnet. Si ! Ton petit carnet dans lequel tu notes tes pensées. Oui je sais bien que ce n'est pas ta pensée puisque c'est moi qui l'ai dit. Mais enfin, l'un dans l'autre, toi ou moi, c'est comme qui dirait pareil, et puis surtout c'est très juste. Et très beau. Tiens, prends ce stylo. Je disais… Mince, comment j'ai dit déjà. Voilà, j'ai perdu le fil à cause de toi.

Enfin bref, ce que je veux dire c'est que de notre temps ça ne se passait pas comme ça, les choses de l'amour. On ne choisissait pas vraiment, on prenait ce qui venait et hop, on faisait avec ! Pas comme les générations suivantes, une vraie bande de pleurnichards, ces gosses. Nous on n'en faisait pas tout un plat, hein André, un bon mariage et le tour est joué ! Enfin bon je ne dis pas qu'on ne s'aime pas, non, mais enfin il faut voir les choses en face, hein André, on est quand même bien ensemble depuis le temps... On s'est bien habitués l'un à l'autre, hein André, on n'est pas plus malheureux que les autres, non ?

Mais enfin mais réponds, voyons.

VINGT-HUIT

Seul dans son bureau, Jean-Jacques consulte l'inventaire mis à sa disposition. Un inventaire précis, concis, qui indique la démarche à suivre pour chaque objection éventuellement émise par l'interlocuteur.

Jean-Jacques trouve rapidement la réponse à sa question : toutes les objections génériques sont regroupées en fin de catalogue.

Il feuillette, et trouve un paragraphe entier consacré au thème *Je n'ai pas le temps :*

Pour les objections génériques, type « Je n'ai pas le temps », prenez-le comme une invitation à rappeler plus tard. Pensez à alterner vos appels : si l'objection est faite en semaine, pensez à rappeler le week-end. De la même manière pensez à alterner les horaires : si l'objection « je n'ai pas le temps » vous est faite en journée, n'hésitez pas à rappeler le soir. Faites-vous une mosaïque et vérifier que vous avez bien expérimenté toutes les possibilités, du lundi soir au dimanche matin 8 heures.

VINGT-NEUF

— Bonjour monsieur, c'est à nouveau Jean-Jacques de la société Cuisine Concept.

— Oui je sais. J'ai vu la tête de mort.

— Je me permets de vous rappeler, monsieur, parce que...

— Oui, je sais. Je me suis renseigné. Je n'aurais pas dû dire que je n'avais pas le temps. Allez-y, déballez votre truc, qu'on en finisse.

— Vous me voyez ravi de cet état d'esprit que je vois comme les prémices d'une très belle collaboration.

— Pas moi.

— Vous voulez dire que vous n'êtes pas ravi ?

— Absolument pas. Je suis dans l'attente de la fin de cet appel pour reprendre le cours de ma vie.

— Votre vie doit être agréable.

— Oui. Vous remarquez que je ne vous retourne pas la question.

— Oui je l'ai remarqué. Je sens comme une froideur dans votre ton. J'en suis un peu navré. Je note toutefois que vous ne m'avez pas insulté. Je prends cela comme une progression dans notre relation.

— Bon, c'est bon, vous avez fini vos conneries ?

— Excusez-moi. Je m'emporte. C'est que j'ai mal au bras.

— Qu'est-ce que vous voulez que ça me foute ? Vous pouvez vous casser le bras, je m'en fous complètement.

— Mais pas du tout, je ne me suis pas cassé le bras ! Figurez-vous que je me suis tatoué un numéro sur le bras. Avec de l'encre de stylo bille et la pointe d'un compas. Mais ça a tout l'air de s'infecter. J'ai comme une plaie un peu suintante.

— C'est dégueulasse ! Mais pourquoi me racontez-vous tout cela… enfin vous êtes complètement malade… pourquoi avez-vous fait ça ?

— Je crois que c'est une façon de croire à mon rêve.

— Quel rêve ? Mais de quoi parlez-vous ?

— Je pense que l'amour de ma vie se cache derrière ce numéro. Il y a des signes qui ne trompent pas. On ne peut pas vivre toute une vie tout seul, vous savez. Ou alors on devient fou et on finit par s'épancher auprès d'inconnus.

— …

— Enfin nous ne sommes plus des inconnus, non ?

— Je… je ne sais pas quoi vous répondre. Je ne comprends pas pourquoi vous vous acharnez sur moi. Je ne cherche pas d'amis, j'ai plein d'amis, vraiment je suis très entouré, et je ne cherche pas à élargir mon cercle.

— Vous avez de la chance. Moi je n'ai personne.

— C'est pour ça que vous m'appelez ? Ou c'est encore une de vos techniques pernicieuses pour me vendre une cuisine ?

— Pas du tout. Je suis seul. Je n'ose même pas vous dire à quel point je suis seul. Vous voyez, même vous, vous doutez de moi et vous me rejetez alors même que nous ne nous sommes jamais vus.

— Mais enfin, cherchez des amis autour de vous !

— Ce n'est pas si simple... Et puis le manque d'amis, je m'en accommode. Par contre, le manque d'amour, ça... je ne m'y fais pas. C'est pour ça que je me suis tatoué le numéro. Vous comprenez ?

— Pas très bien, mais on avance, c'est l'essentiel. Alors pourquoi n'appelez-vous pas ce numéro pour en avoir le cœur net ? Vous seriez moins seul et vous arrêteriez peut-être de m'appeler ?

— Je ne sais pas. Je crois que j'ai peur. C'est mon dernier espoir, vous voyez. Il y a toutes les chances pour que ce numéro ne soit pas attribué.

— Et si c'était le cas ?

— Ça voudrait dire que toute ma vie, la chanson m'aurait menti.

— Quelle chanson ? Écoutez, j'ai de plus en plus de mal à vous suivre...

— Attendez je la connais par cœur, je vais vous la jouer sur les touches du téléphone, vous allez comprendre. Surtout, ne quittez pas.

TRENTE

Seul dans la rue des Beaumonts, Jean-Jacques est assis sur le dossier du banc, les pieds posés sur l'assise.

Sa boîte de conserve est à ses pieds, intacte.

Jean-Jacques mange goulûment des raisins secs, par poignées entières.

Pour la première fois de sa vie, Jean-Jacques s'affranchit des regards.

Il voit le rideau en crochet bouger.

Il regarde dans sa direction, le regard fixe. La musique joue dans sa tête.

Il mâche ses raisins secs en repensant à l'intrusion de Steeve dans son bureau.

Il a le regard fixe.

Oui, il continuera de manger des raisins secs.

Oui, il continuera d'appeler l'homme au cancrelat.

Oui, il continuera de rêver que l'amour est possible.

Jean-Jacques regarde en direction de la maison, et devine le couple caché derrière le rideau. C'est la preuve que son rêve n'est pas une illusion.

Jean-Jacques a de plus en plus de mal à se concentrer, car la musique dans sa tête prend de plus en plus de place.

Jean-Jacques s'accroche à sa chanson comme un naufragé s'accroche à une bouée de sauvetage.

Jean-Jacques se dit que peu de gens ont déjà connu la solitude, la vraie solitude. Bien sûr, certaines personnes ont déjà ressenti le vide d'une solitude temporaire, avec un maillage familial ou amical plus ou moins loin. Plus ou moins loin, mais toujours existant.

Jean-Jacques se dit que peu de gens connaissent la vraie solitude, profonde, ancrée, celle qui fait mélanger les mois et les années, celle qui fait regarder l'avenir comme une longue route interminable. Celle qui fait attendre la fin du chemin comme la fin d'un calvaire.

Sa chanson, c'est son paysage, son rêve, son espoir fou, son espoir insensé, son désir absurde.

Jean-Jacques prend sa tête dans ses mains, et appuie fort, très fort sur son crâne. Parce que là, tout de suite, il a beau l'aimer, sa chanson est vraiment trop forte.

TRENTE ET UN

Il me fait de la peine. André, je sais que tu m'entends.

André, tu m'entends ? Eh bien, réponds-moi ! Je dis qu'il me fait de la peine. Mais l'homme sur son banc, bien sûr ! De qui donc pourrais-je parler ?

Oui, je sais que l'on n'y peut rien, mais tout de même... il me fait de la peine, cet homme, tout seul, tous les jours, avec son tatouage romantique.

C'est un idéaliste, comme moi.

Une âme pure.

Sensible, exalté, passionné.

J'aimerais faire quelque chose pour lui. Mais je ne sais pas encore quoi. Tu ne dis rien ?

André sait qu'il devrait dire quelque chose, là, tout de suite. Mais il ne sait pas quoi ajouter.

Oui, moi aussi j'aimerais bien faire quelque chose pour lui. Mais je ne vois pas bien ce que l'on pourrait faire d'ici, derrière notre rideau, pour ce pauvre homme assis sur son banc.

Écoute André, si c'est pour répéter ce que je dis ce n'est vraiment pas la peine d'intervenir. Je suis en train d'élaborer une stratégie pour rendre service à ce pauvre homme, lui donner une lueur d'espoir, et toi tu parles pour ne rien dire. Enfin André, sois un peu constructif pour une fois.

André, je sais. J'ai une idée. Pour une fois tu as raison. Nous ne pouvons rien faire d'ici. Il faut y aller. Tu vas aller voir cet homme, et lui dire que j'ai fait un rêve prémonitoire cette nuit.

Mais qu'importe qu'il ne me connaisse pas ! Au contraire, ça donne un côté féerique ! Une femme, une charmante inconnue rêve de vous et vous offre sur un plateau tout ce dont vous avez toujours rêvé.

Donc tu vas le voir, tu lui dis que ta charmante épouse, qui fait des rêves prémonitoires, a rêvé qu'il allait très prochainement, dans les prochains jours, rencontrer la femme qu'il cherche depuis toujours.

Dis-lui bien que mes rêves s'accomplissent toujours. Comment cela, je n'ai qu'à rêver que l'on gagne au loto ? Mais enfin André ça n'a rien à voir.

Écoute André, l'humour c'est bien dans une certaine mesure. D'une façon générale, je veux bien rire à tes galéjades mais tu devrais savoir qu'on ne peut pas plaisanter de tout à n'importe quel moment. L'heure est grave, je te demande un peu de sérieux.

Comment cela, ce n'est pas vrai ? Je ne vois pas le problème. Ce n'est pas parce que je ne l'ai pas rêvé qu'on ne peut pas lui dire que je l'ai rêvé. Comment cela ce n'est pas clair ? C'est très clair, au contraire.

Mais enfin André tu ne comprends donc rien à rien. Ce n'est pas grave, que ce ne soit pas vrai ! Ce qui importe, c'est l'état d'esprit ! Ce que l'on prend pour acquis arrive toujours. C'est exactement comme dans les films : quand une scène prémonitoire annonce la suite, on ne se demande pas si cela va arriver. Cela arrive, point.

Bien sûr, dans les films il y a la musique qui donne l'ambiance. Si c'est une musique d'horreur, on sait que le tueur va arriver à ses fins. Si c'est une musique romantique, on sait que la fin sera une belle histoire d'amour comme je les aime.

Écoute. Arrêtons de tergiverser. Tu descends, tu t'assois à côté de lui, comme dans les films quand les cow-boys se parlent avec virilité.

Écoute André j'aimerais que tu y mettes un peu d'enthousiasme, que diable. Non, je ne peux pas y aller à ta place. C'est une affaire d'hommes, tout cela.

Tac tu descends, tac tu t'assoies, tac tu parles comme un homme.

Moi pendant ce temps j'entrouvre la fenêtre de la cuisine et je lance une musique romantique.

Comment ça pourquoi ? Mais pour l'ambiance du film !

Allez dépêche-toi, c'est presque la fin de sa pause, et cet homme est très ponctuel.

TRENTE-DEUX

— Allô, Jean-Jacques ?

— Oui c'est moi.

— Jean-Jacques, de la Société Cuisine Concept ?

— Tout à fait, bonjour monsieur.

— Ça alors, vous m'avez reconnu ! Vous aussi vous avez mis une tête de mort sur mon numéro ?

— Non monsieur, je ne me permettrais pas.

— Je plaisantais, bien sûr...

— Je vous ai reconnu tout simplement parce que personne ne m'appelle jamais. Ça ne pouvait pas être quelqu'un d'autre.

— Je vois. Dites donc ça n'a pas l'air d'aller très fort !

— Non, pas très fort. La musique prend de plus en plus de place dans ma tête.

— Et vous n'avez pas le bouton du volume, ah ah !

— ...

— Excusez-moi, ce n'était pas drôle. Bon écoutez mon vieux, je vous appelle pour une bonne nouvelle. Je ne sais comment dire, mais... voilà, vous m'avez touché l'autre jour, avec votre chanson. J'ai parlé de vous à ma femme…

— Ah, vous êtes marié ?

— Bien sûr, comme tout le monde !

— …

— Pardon. Excusez-moi, cette remarque était déplacée. Bon, j'ai parlé de vous à ma femme…

— Vous êtes mariés depuis longtemps ?

— Écoutez Jean-Jacques, je fais tout ce que je peux pour vous aider mon vieux, restez un peu concentré !

— Excusez-moi.

— Bon. Je reprends. Donc ma femme n'avait pas osé me le dire… mais voilà, je vous le donne en mille : elle déteste la couleur de nos meubles de cuisine. Ah non mais je vous jure, ces bonnes femmes. Je vais vous le dire franchement, il n'y a pas plus changeante qu'une bonne femme. Pas plus changeante. Enfin bon, moi je m'en fous, elle peut bien changer la couleur de la cuisine… ça l'occupera un petit bout de temps. Comme je dis toujours : une femme occupée, c'est un cocu en moins ! Ah !

— …

— Vous ne riez pas ?

— Si, monsieur. J'ai ri intérieurement.

— Vous n'êtes pas très démonstratif, vous ! Moi qui pensais vous faire plaisir.

— Oui monsieur, je suis ravi, vraiment ravi de cette nouvelle.

— Attendez mon petit Jean-Jacques, ne criez pas victoire trop vite. J'ai pensé à votre petite histoire de solitude, là. Et voyez-vous, moi je suis un fonceur. Un homme d'action. Pour moi, il n'y a pas à tortiller. Quand on veut quelque chose, on se sert. C'est aussi simple que cela. Alors j'ai pensé à une petite chose… Cette cuisine, vous voulez me la vendre ?

— Oui monsieur, j'en serais ravi.

— Alors voilà mon petit Jean-Jacques, je vous propose un accord. Je vais ajouter une petite clause à notre contrat. Cette cuisine, je vous la signe à une condition.

— Je vous écoute ?

— Vous appelez votre numéro, celui que vous m'avez fait écouter l'autre jour, la musique de ringard que vous aimez tant.

— LA chanson ?

— Tout à fait. Vous appelez votre numéro. Vous tentez votre chance. Et je signe ensuite.

TRENTE-TROIS

Excusez-moi monsieur, vous permettez que je m'assoie sur ce banc à vos côtés ? Je vous en prie, monsieur. J'espère juste que l'odeur de ma salade de thon ne vous incommode pas.

Pas le moins du monde.

Jean-Jacques se rassoit sur le bord du banc, et ajuste son maintien, cale son fessier en avant, garde les pieds au sol et se tient bien droit, comme on le lui a appris.

André est mal à l'aise, il sait que Michèle le surveille par la fenêtre.

Écoutez mon vieux, il faut que je vous parle. Vous allez me prendre pour un original, et pourtant je ne le suis pas, je vous l'assure.

Figurez-vous que je vis ici, vous voyez cette fenêtre, celle avec le rideau qui bouge légèrement ? C'est la fenêtre de ma cuisine.

Vous devez vous demander pourquoi je vous incommode ainsi pendant votre pause déjeuner. Mais figurez-vous qu'il est arrivé une chose étrange. Ma femme voudrait que je vous fasse croire qu'elle a fait un rêve prémonitoire vous concernant. Une belle histoire d'amour, tac je descends, tac je vous raconte. Je n'ai pas bien saisi son intention, c'est une sorte de lubie, si vous voulez. Comprenez bien que son intention est louable, elle souhaite vous rendre service.

Mais le plus incroyable monsieur, c'est que j'ai effectivement fait un rêve vous concernant la nuit dernière.

Et ce que Micheline… euh Michèle pardon. En réalité, ma femme s'appelle Micheline, mais elle déteste ce prénom, elle préfère se faire appeler Michèle. Très peu de personnes savent qu'elle s'appelle Micheline, je vais vous demander de garder cela pour vous.

Ma femme, Michèle, a inventé une histoire de toutes pièces vous concernant, pour je ne sais quelles raisons. Mais ce qu'elle ne sait pas, c'est que ses élucubrations ne font que renforcer ce rêve que j'ai fait vous concernant, la nuit dernière.

Je ne savais que faire de mon intuition, de cette certitude même, jusqu'à ce que ma femme me présente son projet.

Vous voyez, vous allez me prendre pour un original. Et pourtant je n'en suis pas un, moi-même j'ai du mal à croire ce que je vous raconte à cet instant.

Je n'ai pas de don de médium à ma connaissance, et pourtant ce rêve était si précis, si sensible, je ne sais comment dire… Il m'a profondément marqué, comme quelque chose de réel. Ce rêve va se réaliser, j'en ai la certitude, mais bien sûr vous n'êtes pas obligé de prendre mon histoire au sérieux. C'est ubuesque, j'en ai tout à fait conscience. Je m'en excuse.

Vous ne dites rien.

Je vous demanderai d'être extrêmement discret au sujet de cette histoire : si vous croisez ma femme, ne lui dites pas que cette histoire de rêve vient de moi. Faites comme si vous pensiez que le rêve vient d'elle.

Ce sera notre secret d'hommes si vous le voulez bien. Je risquerais de gros ennuis.

Regardez. Vous voyez la fenêtre qui s'ouvre ? C'est elle.

Elle va me dire qu'elle n'arrive pas à mettre la musique romantique. Je le sais bien, c'est moi qui ai débranché la prise, en douce, avant de sortir.

Vous vous demandez bien pourquoi. Disons que j'avais envie de calme.

J'ai des stratégies de protection qui me permettent toujours d'arriver à mes fins.

Je ne suis pas à plaindre, vous savez. Même si dans la vie à deux, il faut bien des sacrifices parfois. Bien des sacrifices.

Mais quelle que soit l'image que donne notre couple, Michèle sera toujours pour moi la jeune fille aimable et aimante que j'ai rencontrée.

Ma Michèle. Ma Micheline.

Attention, elle s'impatiente, je vois le rideau bouger. Je dois y aller rapidement si je ne veux pas avoir de gros ennuis. Au revoir, monsieur. Au plaisir. Et n'oubliez pas : l'amour vous attend, je l'ai rêvé.

OUI MICHÈLE, J'ARRIVE ! TU AS VÉRIFIÉ LA PRISE ?

TRENTE-QUATRE

Jean-Jacques est seul dans son box, seul à son étage et seul dans sa vie. Tous ses collègues sont partis.

Il décroche son téléphone et compose le numéro de son interlocuteur. Il ferme les yeux pour mieux entendre la sonnerie retentir.

Car le dernier appel, le tout dernier appel de la journée, porte en lui l'excitation et la peur. Promesse d'une vie nouvelle, Jean-Jacques écoute la tonalité sonner.

Il ouvre les yeux pour constater avec soulagement que tout est en place.

L'horloge en plastique blanc marque 20 heures.

Jean-Jacques regarde la tâche de gras d'origine inconnue. Non il n'est pas, et ne sera jamais, une tâche de gras. Il regarde son bras suintant comme une preuve de son courage.

Il écoute la tonalité du téléphone sonner.

Il sait avec douleur que sa quête est insensée. Combien de chances pour que ce numéro soit attribué ? Combien de chances pour qu'une femme réponde ? Combien de chance pour que ce soit Elle ?

Jean-Jacques replace méticuleusement les posts-it à sa gauche, de sorte qu'ils soient parfaitement alignés au bord du bureau. Il pose ensuite ses trois surligneurs vert, rose et jaune dans l'ordre indiqué.

Je ne suis qu'un fou.

Il jette un coup d'œil à son gobelet au fond de la corbeille, une corbeille en plastique bleu-turquoise, avec incrustation de motifs papillon.

Je ne suis qu'un fou. Le numéro ne sera pas attribué.

La musique est de plus en plus forte dans sa tête. Jean-Jacques n'a plus d'autre choix que d'appeler, sans quoi un son assourdissant finira par emporter ce qui reste de ses facultés mentales.

Je ne suis qu'un fou. Le numéro ne sera pas attribué. Ou alors un vieux bonhomme va encore m'insulter.

J'ai attrapé un coup de soleil

La musique tisse sa toile et imprègne les moindres recoins de son cerveau.

Il a beau l'aimer, sa chanson s'insinue et s'étale et se répand. Bientôt elle aura raison de sa raison.

Dans le combiné, la sonnerie cesse de retentir. Un silence rapide suspend le temps, comme une inspiration. Une voix de femme.

Allô ?

TRENTE-CINQ

J'ai attrapé un coup de soleil,
Un coup d'amour, un coup d'je t'aime
J'sais pas comment, faut qu'j'me rappelle
Si c'est un rêve, t'es super belle
J'dors plus la nuit, j'fais des voyages
Sur des bateaux qui font naufrage
J'te vois toute nue sur du satin
Et j'en dors plus, viens m'voir demain
Mais tu n'es pas là, et si je rêve tant pis
Quand tu t'en vas j'dors plus la nuit
Mais tu n'es pas là, et tu sais, j'ai envie d'aller là-bas
La fenêtre en face et d'visiter ton paradis.
J'mets tes photos dans mes chansons
Et des voiliers dans ma maison
J'voulais m'tirer, mais j'me tire plus
J'vis à l'envers, j'aime plus ma rue,
J'avais cent ans, j'me r'connais plus
J'aime plus les gens depuis qu'j't'ai vue
J'veux plus rêver, j'voudrais qu'tu viennes
Me faire voler, me faire je t'aime.
Mais tu n'es pas là, et si je rêve tant pis
Quand tu t'en vas j'dors plus la nuit

Mais tu n'es pas là, et tu sais, j'ai envie d'aller là-bas
La fenêtre en face et d'visiter ton paradis.
Ça y est, c'est sûr, faut qu'j'me décide
J'vais faire le mur et j'tombe dans l'vide
J'sais qu'tu m'attends près d'la fontaine
J't'ai vue descendre d'un arc-en-ciel
Je m'jette à l'eau des pluies d'été
J'fais du bateau dans mon quartier
Il fait très beau, on peut ramer
La mer est calme, on peut s'tirer
Mais tu n'es pas là, et si je rêve tant pis
Quand tu t'en vas, j'dors plus la nuit
Mais tu n'es pas là, et tu sais, j'ai envie d'aller là-bas
La fenêtre en face et d'visiter ton paradis.
J'ai attrapé un coup de soleil,
Un coup d'amour, un coup d'je t'aime
J'sais pas comment, faut qu'j'me rappelle
Si c'est un rêve, t'es super belle
J'dors plus la nuit, j'fais des voyages
Sur des bateaux qui font naufrage
J'te vois toute nue sur du satin
Et j'en dors plus, viens m'voir demain
Mais tu n'es pas là, et si je rêve tant pis
Quand tu t'en vas j'dors plus la nuit
Mais tu n'es pas là, et tu sais, j'ai envie d'aller là-bas
La fenêtre en face et d'visiter ton paradis

Le Coup de soleil (écrit et composé par Jean-Paul Dréau, 1978)

Promenez-vous dans la Rue des Beaumonts et passez de maison en maison :

Une vie sur le trottoir,
26 rue des Beaumonts

Basse-cour,
17 rue des Beaumonts

Il faut aimer les gens,
32 rue des Beaumonts

Par acquit de conscience,
28 rue des Beaumonts

Vous souhaitez être informé de mes prochaines publications ?
Vous voulez échanger avec moi au sujet de ce texte ?
Vous pouvez m'écrire à : cecilecrassous.ecrivain@gmail.com
À bientôt !

Printed in Poland
by Amazon Fulfillment
Poland Sp. z o.o., Wrocław

78012136R00075